U0093554

哈福

哈福

—— 到日本旅遊，看這本就夠了 ——

世界最簡單
觀光日語

一次學會，一生受用

林小瑜 · 杉本愛莎
◎合著

中英日同步會話，玩遍世界沒煩惱

哈福

好快！1天就會說旅遊日語！

本書是最適合華人學習的旅遊會話書，因為每一句都很簡單、很實用，還有羅馬拼音輔助，讓您一看就會說，學日語完全沒有壓力、沒有障礙，看了本書之後，您會驚覺：好快！一天就會說日語。

旅遊日語，如果能躺著聽、躺著學，最輕鬆；學一次，還可以用一輩子；說真的，想到日本玩，旅遊日語，看本書就夠了！

本書除了旅遊日語外，讀者還可以同步學到旅遊英語，一石二鳥，獲益匪淺！中英日同步會話，玩遍世界沒煩惱。

本書最大特色：

1. 一次學會三國語言，物超所值

   中文、英文、日語三語對照，想要說的中文、身歷其境的旅遊日語，和英語同步會話，讓您說得輕鬆，玩得盡興。

2. 圖文式自然記憶，想說就能說

   從發音、字母開始，到單字、會話，觀光旅遊、血拼購物、遊學留學、觀摩經商，都能得心應手，100%溜日語。

3. 羅馬拼音對照，開口就能說

   簡單、快速的旅遊日語學習法，只要懂ABC，就能馬上開口說日語，零壓力、沒煩惱。

4. 即學即用，流利聊不停

   道地好用300句旅遊英日語，中英日對照學習，自然流利，讓您放膽和日本人聊不停。

本書最適合你!只因為這五大理由

◆ 專門為初學日語，不得其門而入

◆ 學了多年日語，仍然無法開口說日語

◆ 對日文學習感到困難

◆ 想立刻開口說日文的讀者

◆ 學了多年日語仍不敢開口說日語的人而編寫的

現在日幣貶值，到日本玩正是時候，您可以盡情玩樂、盡情血拼、自遊自在。除此之外，日本也是一個非常令人嚮往，吃喝玩樂的天堂；還有很多藝人到日本拼出了一番演藝事業。早期有歐陽菲菲、翁倩玉、鄧麗君…，近期最有名的，則是林志玲。

歐陽菲菲、翁倩玉、鄧麗君，曾在日本紅極一時，都是「紅白歌合戰」的大紅星。鄧麗君以「空港」，獲「日本唱片大獎新人獎」；之後的「愛人」、「任時光在身邊流逝」（時の流れに身をまかせ），更是大放光芒。翁倩玉的「魅せられて」是歌壇經典！除演藝事業外，她也活躍於日本藝文界，並且活出精采人生！歐陽菲菲則以「雨中徘徊」（雨の御堂筋）奠定地位，歌紅人紅，也找到了不錯的人生伴侶。

林志玲的日本再發現「Yokoso Japan」，讓她和日本結下佳緣。到日本發展，跟木村拓哉合作「月之戀人」，打開了知名度，這時林志玲開始學日文，後又與日本放浪兄弟成員AKIRA，結婚生子，隨夫移居日本，美滿的婚姻羨煞人也。

看到這麼人，赴日發展都有很好的斬獲，你是不是開始對日本有一股憧憬，想來一趟日本夢幻旅程！

走吧！到日玩玩，來場不一樣的尋夢之旅吧！

最新東京地鐵攻略：日本行前，暢遊東京，自由行必備。
出發前，您可以上網下載，旅遊路線圖，先模擬一下，可以讓您玩得更盡興！
網址：https://www.tokyometro.jp/tcn/subwaymap/index.html
您也可以在網上查關鍵字：日本全國地鐵路線圖，即可全日本暢行無阻。

50音總表

清音

MP3-02

	あ段	い段	う段	え段	お段
あ行	a あ	i い	u う	e え	o お
か行	ka か	ki き	ku く	ke け	ko こ
さ行	sa さ	shi し	su す	se せ	so そ
た行	ta た	chi ち	tsu つ	te て	to と
な行	na な	ni に	nu ぬ	ne ね	no の
は行	ha は	hi ひ	fu ふ	he へ	ho ほ
ま行	ma ま	mi み	mu む	me め	mo も
や行	ya や		yu ゆ		yo よ
ら行	ra ら	ri り	ru る	re れ	ro ろ
わ行	wa わ				o を
鼻音	n ん				

濁音・半濁音

ga	が	gi	ぎ	gu	ぐ	ge	げ	go	ご
za	ざ	ji	じ	zu	ず	ze	ぜ	zo	ぞ
da	だ	ji	ぢ	zu	づ	de	で	do	ど
ba	ば	bi	び	bu	ぶ	be	べ	bo	ぼ
pa	ぱ	pi	ぴ	pu	ぷ	pe	ぺ	po	ぽ

拗音

kya	きゃ	kyu	きゅ	kyo	きょ	hya	ひゃ	hyu	ひゅ	hyo	ひょ
gya	ぎゃ	gyu	ぎゅ	gyo	ぎょ	bya	びゃ	byu	びゅ	byo	びょ
sha	しゃ	shu	しゅ	sho	しょ	pya	ぴゃ	pyu	ぴゅ	pyo	ぴょ
ja	じゃ	ju	じゅ	jo	じょ	mya	みゃ	myu	みゅ	myo	みょ
cha	ちゃ	chu	ちゅ	cho	ちょ	rya	りゃ	ryu	りゅ	ryo	りょ
nya	にゃ	nyu	にゅ	nyo	にょ						

基本用字

數字

MP3-03

數字	假名	讀音	英文
0	ゼロ、れい	zero/rei	zero
1	いち	ichi	one
2	に	ni	two
3	さん	san	three
4	し／よん	shi/yon	four
5	ご	go	five
6	ろく	roku	six
7	なな／しち	nana. shichi	seven
8	はち	hachi	eight
9	きゅう／く	kyuu/ku	nine
10	じゅう	juu	ten
11	じゅういち	zyuuichi	eleven
12	じゅうに	zyuuni	twelve
13	じゅうさん	zyuusan	thirteen
14	じゅうし／じゅうよん	zyuushi/zyuuyon	fourteen
15	じゅうご	zyuugo	fifteen
16	じゅうろく	zyuuroku	sixteen
17	じゅうなな／じゅうしち	zyuunana/zyuushichi	seventeen

18	じゅうはち zyuuhachi	eighteen
19	じゅうきゅう／じゅうく zyuukyuu/zyuuku	nineteen
20	にじゅう nizyuu	twenty
21	にじゅういち nizyuuichi	twenty-one
30	さんじゅう sanzyuu	thirty
40	よんじゅう／しじゅう yonzyuu/shizyuu	forty
50	ごじゅう gozyuu	fifty
70	ななじゅう／しちじゅう nanazyuu/shichizyuu	seventy
90	きゅうじゅう kyuuzyuu	ninety
100	ひゃく hyaku	hundred
1,000	せん sen	thousand
1,500	せんごひゃく sengohyaku	one thousand and five hundred

基本用字

單位

一杯（咖啡）	いっぱい	ippai / one cup of
兩倍	にはい	nihai / double
三雙（鞋）	さんぞく	sanzoku / three pairs of
四台（車）	よんだい	yondai / four (cars)
五張（紙）	ごまい	gomai / five sheets
六杯（啤酒）	ろっぱい	roppai / six glass of
七個人	しちにん	shichinin / seven people
八條（金魚）	はっぴき	happiki / eight
第九名	きゅうばん	kyuuban / number nine
十（層）樓	じゅっかい	jukkai / ten floors
一人	ひとり	hitori / one person
兩人	ふたり	hutari / two people
三人	さんにん	sannin / three people

年月週日

年	年	nen / year
月	月	gatu / month
星期	週	syuu / week
日	日	nichi / day
星期一	月曜日	getuyoubi / Monday
星期二	火曜日	kayoubi / Tusday

中文	日本語	Romaji	English
星期三	水曜日	suiyoubi	Wednesday
星期四	木曜日	mokuyoubi	Thursday
星期五	金曜日	kinnyoubi	Friday
星期六	土曜日	doyoubi	Saturday
星期日	日曜日	nichiyoubi	Sunday

時刻

中文	日本語	Romaji	English
點	時	zi	hour
分	分	fun	minute
半	半	han	half
秒	秒	byou	second
今天	今日	kyou	today
明天	明日	ashita	tomorrow
昨天	昨日	kinou	yestarday
前天	一昨日	ototoi	the day before yesterday
後天	明後日	asatte	the day after tomorrow
早上	朝	asa	morning
上午	午前	gozenn	before noon
中午	お昼（昼）	ohiru (hiru)	noon
下午	午後	gogo	afternoon
晚上	夜	yoru	night
半夜	夜中	yonaka	midnight

本書構成和使用方法

■構成

第一章 在機內

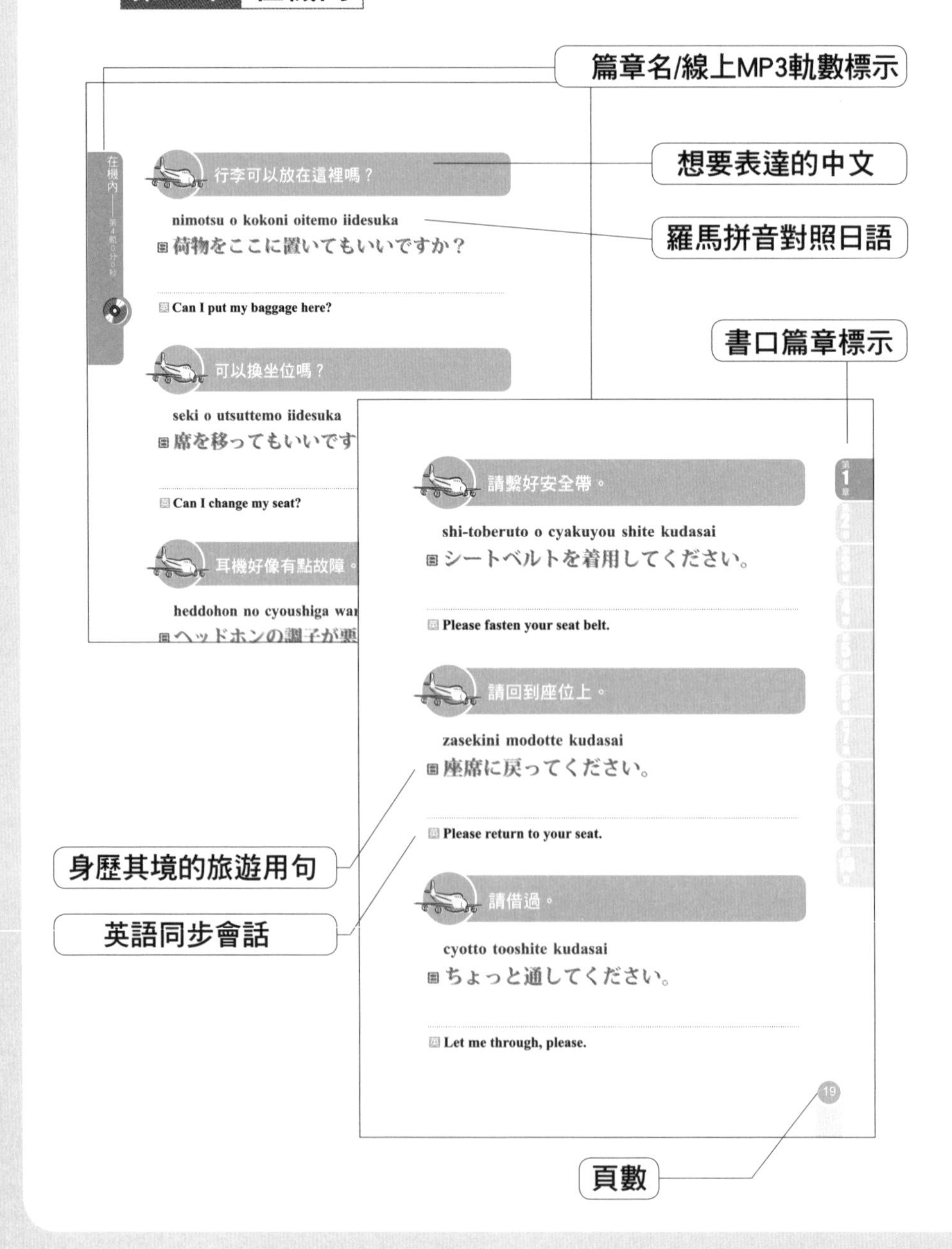

單字

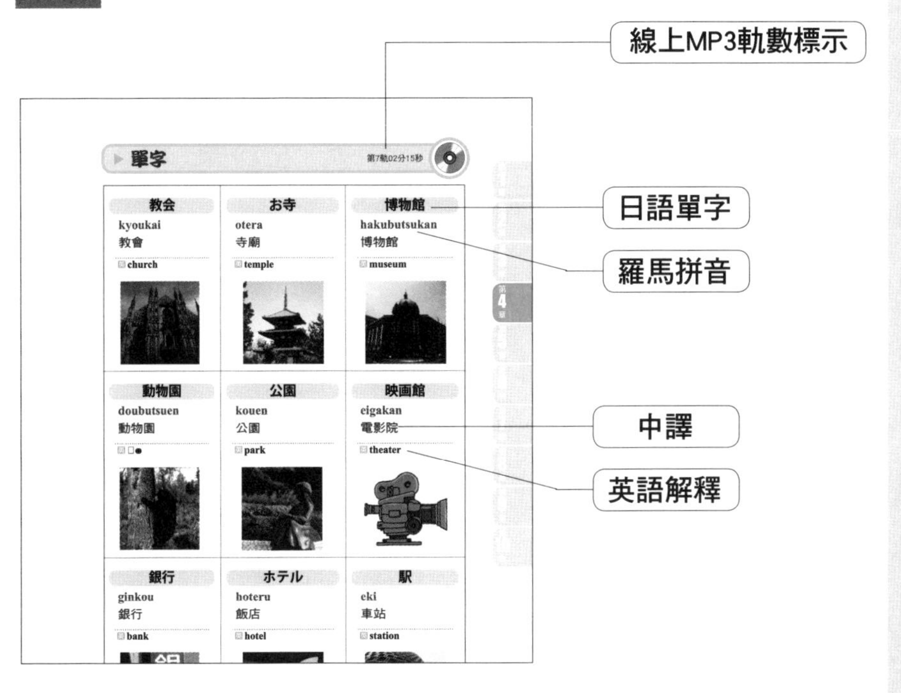

■使用方法

略讀 ……………首先略讀一章單元。

聽線上MP3 ……按照頁眉所記軌數和秒數，搭配線上MP3熟悉正確音調。

發音 ……………發出聲音，練習句子。並將更多單字套進句子活用。

聽線上MP3 ……重聽線上MP3記住音調，比照自己的發音糾正。

日本（にほん）

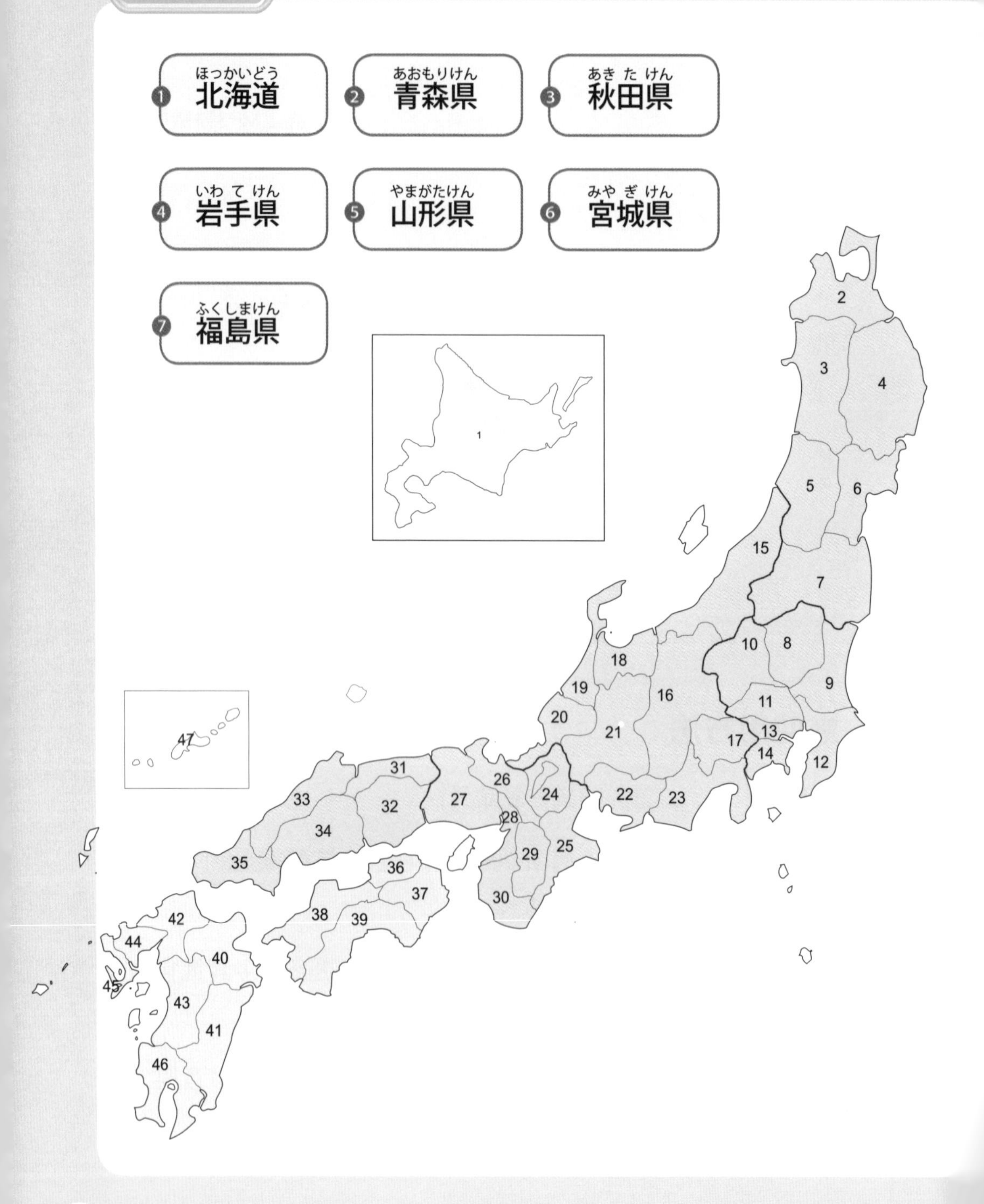

1 北海道（ほっかいどう）
2 青森県（あおもりけん）
3 秋田県（あきたけん）
4 岩手県（いわてけん）
5 山形県（やまがたけん）
6 宮城県（みやぎけん）
7 福島県（ふくしまけん）

8 栃木県（とちぎけん）	9 茨城県（いばらきけん）	10 群馬県（ぐんまけん）	11 埼玉県（さいたまけん）
12 千葉県（ちばけん）	13 東京都（とうきょうと）	14 神奈川県（かながわけん）	15 新潟県（にいがたけん）
16 長野県（ながのけん）	17 山梨県（やまなしけん）	18 富山県（とやまけん）	19 石川県（いしかわけん）
20 福井県（ふくいけん）	21 岐阜県（ぎふけん）	22 愛知県（あいちけん）	23 静岡県（しずおかけん）
24 滋賀県（しがけん）	25 三重県（みえけん）	26 京都府（きょうとふ）	27 兵庫県（ひょうごけん）
28 大阪府（おおさかふ）	29 奈良県（ならけん）	30 和歌山県（わかやまけん）	31 鳥取県（とっとりけん）
32 岡山県（おかやまけん）	33 島根県（しまねけん）	34 広島県（ひろしまけん）	35 山口県（やまぐちけん）
36 香川県（かがわけん）	37 徳島県（とくしまけん）	38 愛媛県（えひめけん）	39 高知県（こうちけん）
40 大分県（おおいたけん）	41 宮崎県（みやざきけん）	42 福岡県（ふくおかけん）	43 熊本県（くまもとけん）
44 佐賀県（さがけん）	45 長崎県（ながさきけん）	46 鹿児島県（かごしまけん）	47 沖縄県（おきなわけん）

目錄

旅行備忘錄

◎隨身攜帶上飛機 *可託運			攜帶物品明細	考量點
絕對需要攜帶	◎		護照照（要影印留底）	趁早申請
	◎		照影印&照片2張	萬一護照遺失時，可補辦
	◎		機票（要影印留底）	依自由行與團體旅行，有所不同
	◎		旅館・交通等的預約確認	
	◎		行程表・旅行團夾頁	
	◎		海外旅行傷害保險證（要影印）	或購買機票時一併處理
	◎		現金（台幣、日幣、美金）	除現金之外依個人需要
	◎		旅行支票（記下號碼）	
	◎		信用卡（記下號碼）	
	◎		國際金融卡（記下號碼）	
	◎		備用錢包	較多紙幣時，分處收藏
	◎		手錶・鬧鐘	日本時間比台灣早一小時
	◎		地圖・時刻表・導遊書	
	*		換洗衣物等	好洗、快乾 、耐髒・需要件數
攜帶的話比較方便	◎		國際駕照（要影印留底）	
	◎		記事本・筆記用具	必要時也可寫中文
	◎		旅遊會話書	最低限度學會打招呼
	◎		計算機	換算金錢時方便
	◎		帽子・太陽眼鏡・防曬油	夏目防曬配備
	*		折傘・雨具	
	*		常備藥 、OK繃・生理用品等	以防急需・有備無患
	◎		紙巾・面紙	日本當地賣的較便宜
	◎		手帕・小毛巾	
	*		第二雙彈性好鞋・涼鞋	有時間自由行的人必要配備
	*		便利購物背袋	
	*		泳衣	
依個人需要攜帶	*		變壓器	帶著比較安心
	*		手機等充電器	睡覺時把握時間充電
	◎		照相機	
	◎		底片・電池	自備比在日本買划算
	*		吹風機	都會區即旅館內都有
	*		盥洗用具	
	◎		拖鞋	住宿旅館或備有
	*		塑膠帶・繩子・橡皮筋	
	*		洗衣粉・晾衣夾	簡單清洗內衣褲襪等
	*		針線盒自備更方便	

第 1 章

在機內

海外旅行在飛機內，
無論是開口向空服人員點飲料，
或是有其他需要的時候。

行李可以放在這裡嗎？

nimotsu o kokoni oitemo iidesuka

日 荷物をここに置いてもいいですか？

英 **Can I put my baggage here?**

可以換坐位嗎？

seki o utsuttemo iidesuka

日 席を移ってもいいですか？

英 **Can I change my seat?**

耳機好像有點故障。

heddohon no cyoushiga warui nodesuga

日 ヘッドホンの調子が悪いのですが。

英 **My headset doesn’t work.**

請繫好安全帶。

shi-toberuto o cyakuyou shite kudasai

日 シートベルトを着用してください。

英 **Please fasten your seat belt.**

請回到座位上。

zasekini modotte kudasai

日 座席に戻ってください。

英 **Please return to your seat.**

請借過。

cyotto tooshite kudasai

日 ちょっと通してください。

英 **Let me through, please.**

請再給一條毛毯。

moufu o mou ichimai onegai shimasu

日 毛布をもう1枚お願いします。

英 **Another blanket, please.**

請問要喝什麼呢？

nani o onomi ni narimasuka

日 何をお飲みになりますか？

英 **What would you like to drink?**

請不要放冰塊。

koori wa irenaide kudasai

日 氷はいれないでください。

英 **No ice, please.**

請收拾一下（托盤、杯子）。

(torei koppu o) sagete morae masuka

日（トレイ、コップを）下げてもらえますか？

英 **Could you take this away?**

請給我入境申報表。

nyuukoku shinsa no syorui o kudasai

日 入国審査の書類をください。

英 **Entry forms, please.**

當地時間是幾點呢？

genchi zikan wa nanzi desuka

日 現地時間は何時ですか？

英 **What's the local time?**

▶ 單字

第4軌03分10秒 

前	後	左
mae 前 英 front	ushiro 後 英 back	hidari 左 英 left
右	**横**	**奥**
migi 右 英 right	yoko 旁邊 英 side	oku 深處 英 depth
内	**北**	**南**
uchi 裡面 英 inside	kita 北 英 north	minami 南 英 south
東	**西**	**正面**
higashi 東 英 east	nishi 西 英 west	syoumen 正面 英 front
上	**下**	**外**
ue 上 英 up	shita 下 英 down	soto 外面 英 outside

第 2 章

在機場內

抵達目的地時，在機場內必須要接
受海關、行李等的入境檢查。

請拿出護照。好，這個。

pasupo-to o misete kudasai /hai douzo

日 パスポートを見せてください。

はい、どうぞ。

英 **Your passport please. Yes, here it is.**

停留幾天呢？／五天。

nannichikan taizai shimasuka / itsukakan desu

日 何日間滞在しますか？／5日間（いつかかん）です。

英 **How long are you going to stay? Five days.**

單字

第5軌0分52秒

出発	到着	税関
syuppatu 出發 英 **departure**	**toucyaku** 抵達 英 **arrival**	**zeikan** 海關 英 **customs**

這個需要申報嗎？

kore no shinkoku wa hitsuyou desuka

日 これの申告は必要ですか？

英 **Need to declare this?**

這是禮物。

sore wa purezento desu

日 それはプレゼントです。

英 **It's a gift.**

攜帶現金十萬日圓。

genkin o zyuu manen motte imasu

日 現金を10万円持っています。

英 **A hundred thousand Japanese yen cash.**

這是行李託管單。

korega nimotsu azukarisyou desu

日 これが荷物預かり証です。

英 **Here is my baggage ticket.**

我要轉機。

nori tsugi kyaku desu

日 乗り継ぎ客です。

英 **I am on transit.**

搭機門是幾號呢？

touzyou ge-to wa nanban desuka

日 搭乗ゲートは何番ですか？

英 **Which gate ?**

請給我靠走道的位子。

tsuuro gawa no seki nishite kudasai

日 通路側の席にしてください。

英 **I'd like an aisle seat, please.**

這個可以帶上飛機嗎？

korewa kinaini mochikome masuka

日 これは機内に持ち込めますか？

英 **Can I bring this in?**

我想確認預約。

yoyaku no sai kakunin o shitai nodesuga

日 予約の再確認をしたいのですが。

英 **I'd like to reconfirm my flight.**

我想更改預約。

yoyaku o henkou shite kudasai

日 予約を変更してください。

英 **Change my reservation, please.**

單字

第5軌03分28秒

税関申告書	荷物検査	国際線
zeikan shinkokusyo 關稅申請書 英 Customs declaration form	nimotsu kensa 檢查行李 英 baggage check	kokusai sen 國際線 英 international line
国内線 kokunai sen 國內線 英 domestic line	**搭乗ゲート** touzyou ge-to 登機門 英 boarding gate	**待合室** machiai shitsu 等候室 英 waiting room
行き先 iki saki 目的地 英 destination	**欠航** kekkou 停飛 英 canceled	**乗継便** nori tsugi bin 轉機 英 transfer

第3章

兌換外幣

美金換日幣，或是大鈔換零錢。
必須學會的一句話。

匯兌的地方在哪裡呢？

ryougaezyo wa doko desuka

日 両替所はどこですか？

英 **Where can I change money?**

請也給我小鈔。

kozeni mo onegai shimasu

日 小銭もお願いします。

英 **Please give me some small change.**

請換成日圓。

kore o nihonen nishite kudasai

日 これを日本円にしてください。

英 **Please change this into Japanese yen.**

這紙鈔請換零錢。

kono shihei o kuzushite kudasai

日 この紙幣をくずしてください。

英 **Please change this bill into coins.**

好像算錯了。

keisan o machigaete imasenka

日 計算を間違えていませんか？

英 **I think this bill is wrong.**

謝謝。

arigatou gozai mashita

日 ありがとうございました。

英 **Thank you for your help.**

單字

第6軌01分31秒

現金	クレジットカード	百万円
genkin 現金 英 cash 	kurezitto ka-do 信用卡 英 credit card 	hyaku manen 一百萬日圓 英 million 
50万円 gozyuu manen 五十萬日圓 英 half-million	**10万円** zyuu manen 十萬日圓 英 hundred thousand	**5万円** go manen 五萬日圓 英 fifty thousand

第4章

觀光・遊覽

團體旅行或是自由行；拿著照相機，
四處走走，
問路時需用的一句話。

有中文的旅遊指南嗎？

cyuugokugo no gaidobukku wa arimasuka

日 中国語のガイドブックはありますか？

英 **Any Chinese guidebooks?**

請告訴我在地圖的哪裡？

chizude oshiete kudasai

日 地図で教えてください。

英 **Could you show me on the map?**

從這裡去遠嗎？

kokokara toi desuka

日 ここから遠いですか？

英 **Far from here?**

用走的能到嗎？

aruite soko made ikemasuka

日 歩いてそこまで行けますか？

英 **Can I walk there?**

請給我24張的底片一卷。

nizyuyonmai dori no kara-firumu o ippon kudasai

日 24枚撮りのカラーフィルムを1本ください。

英 **One roll of 24-exposure color film.**

有中文的簡介嗎？

cyuugokugo no panfuretto wa arimasuka

日 中国語のパンフレットはありますか。

英 **Do you have a Chinese brochure?**

有說中文的導遊嗎？

cyuugokugo o hanasu gaido wa imasuka

日 中国語を話すガイドはいますか？

英 **Any Chinese speaking guide?**

能請您幫我拍照嗎？

syashin o totte itadake masuka

日 写真を撮っていただけますか？

英 **Could you take my picture?**

單字

第7軌02分15秒

教会
kyoukai

教會

英 **church**

お寺
otera

寺廟

英 **temple**

博物館
hakubutsukan

博物館

英 **museum**

動物園
doubutsuen

動物園

英 **zoo**

公園
kouen

公園

英 **park**

映画館
eigakan

電影院

英 **theater**

銀行
ginkou

銀行

英 **bank**

ホテル
hoteru

飯店

英 **hotel**

駅
eki

車站

英 **station**

單字

第7軌03分05秒

バス停	電話ボックス	喫茶店
basutei 公車站 英bus stop 	denwa bokkusu 電話亭 英telephone box 	kissaten 咖啡店 英coffee shop 
建物	**駐車場**	**居酒屋**
tatemono 建築物 英building	cyuusyazyou 停車場 英parking lot	izakaya 居酒屋 英pub

第 5 章

乘交通工具

海外旅行，
搭乘各種交通工具，
為了一路順風所需要的一句話。

計程車招呼站在哪裡呢？

takushi-noriba wa doko desuka

日 タクシー乗り場はどこですか？

英 Where is the taxi stand?

請把行李放進後車箱。

nimotsu o toranku ni irete kudasai

日 荷物をトランクに入れてください。

英 Please put my luggage in the trunk.

有到市區的公車嗎？

shinai e iku basu wa arimasuka

日 市内へ行くバスはありますか？

英 Is there an airport bus to the city?

在車上付車費嗎？

unchin wa syanaide harau no desuka

日 運賃は車内で払うのですか？

英 **Do I pay on the bus?**

請在這裡停車。

kokode tomete kudasai

日 ここで止めてください。

英 **I'd like to get out here.**

哪裡有可以搭往王子飯店的公車呢？

ouzihoteru e iku basu wa dokode nore masuka

日 王子ホテルへ行くバスはどこで乗れますか？

英 **Which bus goes to Prince Hotel?**

這輛公車有到車站嗎？

kono basuwa ekini iki masuka

日 このバスは駅に行きますか？

英 **Does this bus go to the station?**

公車幾點開呢？

basu wa nanzini demasuka

日 バスは何時に出ますか？

英 **When does the bus leave?**

需要換車嗎？

norikae wa hitsuyou desuka

日 乗り換えは必要ですか？

英 **Do I have to transfer?**

請給我一張千葉的單程車票。

chiba madeno kadamichi kippu o ichimai kudasai

日 千葉までの片道切符を一枚ください。

英 **A one-way ticket to Chi-ba, please.**

到新宿多少錢呢？

shinnzyuku madeno unchin wa ikura desuka

日 新宿までの運賃はいくらですか？

英 **How much is the fare to Shin-zyuku?**

售票處在哪裡呢？

kippu uriba wa dokodesuka

日 切符売り場はどこですか？

英 **Where is the ticket office?**

這張票可以退嗎？

kono kippu o torikese masuka

日 この切符を取り消せますか？

英 **Can I cancel this ticket?**

往青森的火車在幾號月台出發呢？

aomoriyuki no ressya wa nanban ho-mu kara syupatu shimasuka

日 青森行きの列車は何番ホームから出発しますか？

英 **What platform does the train for Aomori leave from?**

往大阪的火車幾點發車呢？

oosakayuki no resya wa nanzini hassya shimasuka

日 大阪行きの列車は何時に発車しますか？

英 **When does the train for Osaka leave?**

這輛火車停靠京都嗎？

kono resya wa kyouto ni tomari masuka

日 この列車は京都に止まりますか？

英 **Does this train stop at Kyoto?**

這輛火車是直達名古屋嗎？

kono resya wa nagoya made cyokkou de ikimasuka

日 この列車は名古屋まで直行で行きますか？

英 **Does this train go directly to Nagoya?**

這車位是在哪一節車廂呢？

kono zaseki no syaryou wa dore desuka

日 この座席の車両はどれですか？

英 **Which compartment?**

這是空位嗎？

kono seki wa aitemasuka

日 この席は空いてますか？

英 **Is this seat taken?**

坐錯車了。

nori machigae mashita

日 乗り間違えました。

英 **I took the wrong train.**

末班車是幾點呢？

syuuden wa nanzi desuka

日 終電は何時ですか？

英 What time does the last train leave?

單字

第8軌05分28秒

列車	切符売り場	故障中
ressya 火車 英 train	kippu uriba 售票處 英 ticket office	kosyoucyuu 故障中 英 out of order
禁煙席 kin en seki 禁菸席 英 non smoking	喫煙席 kitsuen seki 吸菸席 英 smoking	片道 katamichi 單程 英 one-way
免許証 menkyoshou 駕照 英 driver's license	遊覧船 yuurannsen 遊覽船 英 sightseeing boat	リムジン rimuzin 大型巴士 英 limousine

單字

第8軌06分20秒 

往復	三番線	路線図
oufuku 來回 英 round-trip	san bansen 三號月台 英 platform 3	rosenzu 路線圖 英 route map
タクシー	**レンタカー**	**出口**
takushi- 計程車 英 taxi	rentaka- 租車 英 rent a car	deguchi 出口 英 exit

第6章

在旅館

要在旅館住宿，過得舒適，
從住房到退房，
各式各樣的句子。

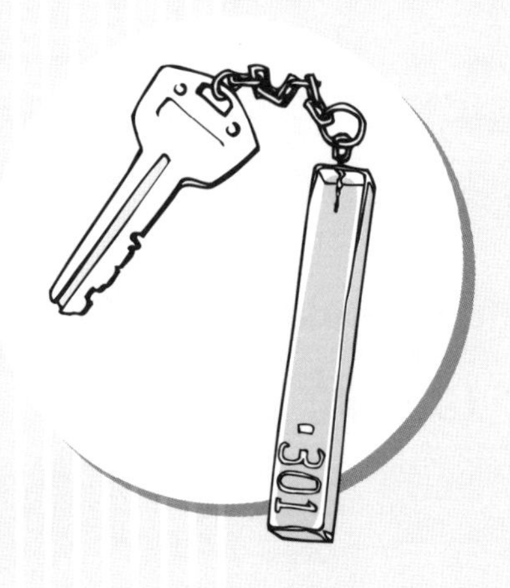

麻煩我要住房。

chekkuin o onegai shimasu

日 チェックインをお願いします。

英 **Check in, please.**

這是我的護照。

watashi no pasupo-to desu

日 私のパスポートです。

英 **Here is my passport.**

退房是幾點呢？

chekkuauto wa nanzi desuka

日 チェックアウトは何時ですか？

英 **When's the check-out time?**

這是包括早餐的價格嗎？

cyousyokukomi no nedan desuka

日 朝食込みの値段ですか？

英 **Does that include breakfast?**

在這裡簽名嗎？

kokoni sain suru nodesuka

日 ここにサインするのですか？

英 **Sign here?**

請給我有浴缸的房間。

furotsuki no heya o onegai shimasu

日 風呂付きの部屋をお願いします。

英 **I'd like a room with bath.**

一晚多少錢呢？

heya no ryoukin wa ippaku ikura desuka

日 部屋の料金は一泊いくらですか？

英 **How much per night?**

請多加一張床。

beddo o hitotsu tsuika shite kudasai

日 ベッドを一つ追加してください。

英 **Extra bed, please.**

我想寄放貴重的物品。

kicyouhin o azuketai nodesuga

日 貴重品を預けたいのですが。

英 **Safety box, please.**

有自動販賣機嗎？

zidou hanbaiki wa ari masuka

日 自動販売機はありますか？

英 **Any vending machines?**

我想換錢。

ryougae o shitai nodesuga

日 両替をしたいのですが。

英 **I'd like to exchange money.**

請告訴我飯店的地址。

kono hoteru no zyusyo o oshiete kudasai

日 このホテルの住所を教えてください。

英 **This hotel address, please.**

請教一下附近的好餐廳。

kono chikaku no ii resutoran o oshiete kudasai

日 この近くのいいレストランを教えてください。

英 **Can you suggest a nice restaurant near here?**

我想拿寄放的行李。

azuketa nimotsu o moraitai nodesuga

日 預けた荷物をもらいたいのですが。

英 **My baggage back, please.**

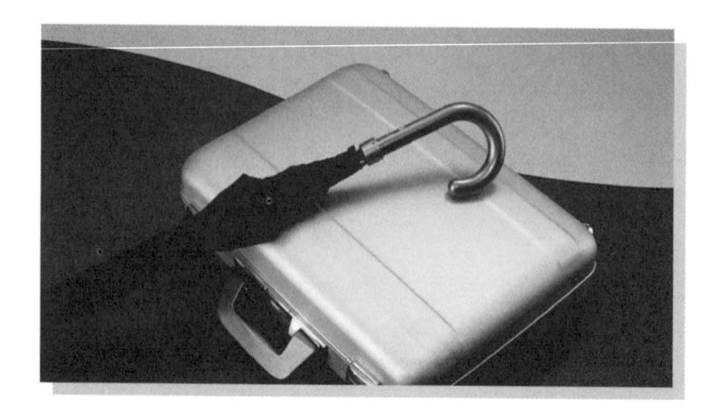

請給我347號房的鑰匙。

sanyonnana goshitsu no kagi o onegai shimasu

日 347号室の鍵をお願いします。

英 **347, please.**

早餐是從幾點到幾點呢？

cyousyoku no zikan wa nanzi kara nazi made desuka

日 朝食の時間は何時から何時までですか？

英 **What are the breakfast hours?**

早餐在哪裡用呢？

cyousyoku wa dokode tore masuka

日 朝食はどこでとれますか？

英 **Where's the breakfast room?**

可以發送電子郵件嗎？

denshi me-ru wa okure masuka

日 電子メールは送れますか？

英 **Can I email?**

我想要溫開水。

nomu oyu ga hoshi nodesuga

日 飲むお湯が欲しいのですが。

英 **I'd like a pot of boiled water?**

有給我的留言嗎？

dengon wa arimasuka

日 伝言はありますか？

英 **Do you have a message for me?**

請教一下鬧鐘的使用方法。

kono mezamashi tokei no tsukaikata o oshiete kudasai

日 この目覚まし時計の使い方を教えてください。

英 **Could you tell me how this alarm clock works?**

我找不到插頭。

konsento ga mitsukara nai no desuga

コンセントが見つからないのですが。

英 **Could you tell me where the outlet is?**

這是117號房，可以拿枕頭給我嗎？

ichiichinana goushitsu desuga makura o motte kite kure masuka

日 117号室ですが、枕を持ってきてくれますか？

英 **Hello, this is room 117. Could you bring me a pillow?**

請明天早上6點叫我起床。

ashita no asa rokuzi ni mo-ningu ko-ru o onegai shimasu

日 明日の朝６時にモーニングコールをお願いします。

英 **Please wake me up at six tomorrow morning.**

鑰匙忘在房間裡了。

heya ni kagi o wasure mashita

日 部屋に鍵を忘れました。

英 **I left the key in my room.**

鑰匙掉了。

kagi o naku shimashita

日 鍵をなくしました。

英 **I lost the key.**

熱水不夠熱。

oyuga zyuubun atsuku narimasen

日 お湯が十分熱くなりません。

英 **The water is not hot enough.**

電視壞了。

terebi ga tsuki masen

日 テレビがつきません。

英 **The TV doesn't work.**

廁所的水不通。

toire no mizu ga nagare masen

日 トイレの水が流れません。

英 **The toilet doesn't flush.**

空調壞了。

eakon ga tsuki masen

日 エアコンがつきません。

英 **The air-conditioner doesn't work.**

麻煩客房服務。

ru-musa-bisu o onegai shimasu

日 ルームサービスをお願いします。

英 **Room service, please.**

可以換房間嗎？

heya o kaete itadake masuka

日 部屋を替えていただけますか？

英 **Can I have another room, please?**

房間太冷了。

heya ga samusugi masu

日 部屋が寒すぎます。

英 **The room's too cold.**

蓮蓬頭水出不來。

syawa- no mizu ga de masen

日 シャワーの水が出ません。

英 **No shower.**

我要退房。

chekkuaut o onegai shimasu

日 チェックアウトをお願いします。

英 **Check out, please.**

沒有使用小冰箱。

miniba- wa tsukatte imasen

日 ミニバーは使っていません。

英 **I had nothing from the mini bar.**

這個行李可以寄放嗎？

kono nimotsu o azukatte morae masuka

日 この荷物を預かってもらえますか？

英 **Could you keep my baggage?**

請幫我叫計程車。

takushi- o yonde kure masenka

日 タクシーを呼んでくれませんか？

英 **Would you call me a taxi?**

這是給你的小費。

kore wa chippu desu

日 これはチップです。

英 **This is for you.**

單字

シングルルーム	ツインルーム	ダブルルーム
shinguru ru-mu 單人房 英 **single room**	**tsuin ru-mu** 兩張單人床的臥室 英 **twin bedroom**	**daburu ru-mu** 雙人房 英 **double room**
五つ星ホテル	**お風呂**	**シャワー**
itsutsuboshi hoteru 五顆星飯店 英 **five-star hotel**	**ofuro** 泡澡 英 **bath**	**syawa-** 淋浴 英 **shower**
トイレ	**セイフティーボックス**	**鍵**
toire 廁所 英 **toilet room**	**seifutexi- bokkusu** 保險箱 英 **safe**	**kagi** 鑰匙 英 **key**

第7章

在餐廳

即使旅館有附早餐，
午餐和晚餐也想到好吃的餐廳，
嚐一嚐當地的美味吧！
從預約到付費所需要的一句話。

這附近有中華料理嗎？

kono chikakuni cyuuka ryouri wa arimasuka

日 この近くに中華料理はありますか？

英 **Is there a Chinese restaurant near here?**

我有預約八點。

hachizi ni yoyaku shiteimasu

日 8時に予約しています。

英 **I have a reservation at eight.**

麻煩窗邊的位子。

madogiwa no seki o onegai shimasu

日 窓際の席をお願いします。

英 **By the window, please.**

請給我看菜單。

menyu- o misete kudasai

日 メニューを見せてください。

英 **Menu, please.**

請說一下套餐的內容。

kono ko-su no naiyou o setsumei shite kudasai

日 このコースの内容を説明してください。

英 **What's this course?**

總之，先點這些。

doriaezu soredake desu

日 とりあえず、それだけです。

英 **For the time, that's all.**

有什麼推薦的菜嗎？

osusume wa nan desuka

日 お薦めは何ですか？

英 **What is the specialty?**

請給我和隔壁桌一樣的東西。

tonari no te-buru to onazi mono o kudasai

日 隣りのテーブルと同じものをください。

英 **Same dishes as the next table, please.**

請再續杯咖啡。

ko-hi- no okawari o onegai shimasu

日 コーヒーのおかわりをお願いします。

英 **More coffee, please.**

刀子不乾淨。

naifu ga yogorete imasu

日 ナイフが汚れています。

英 **This knife is dirty.**

我要收據。

ryousyuusyo o kudasai

日 領収書をください。

英 **Receipt, please.**

單字

第10軌02分22秒

メニュー	おすすめ料理	定食
menyu- 菜單 英menu 	osusume ryouri 推薦料理 英specialty 	teisyoku 定食 英set meal 
サラダ	**スープ**	**パン**
sarada 沙拉 英salad 	su-pu 湯 英soup 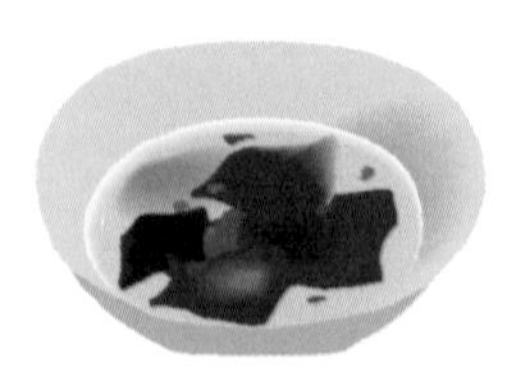	pan 麵包 英bread 
ライス	**バター**	**デザート**
raisu 米飯 英rice 	bata- 牛油 英butter 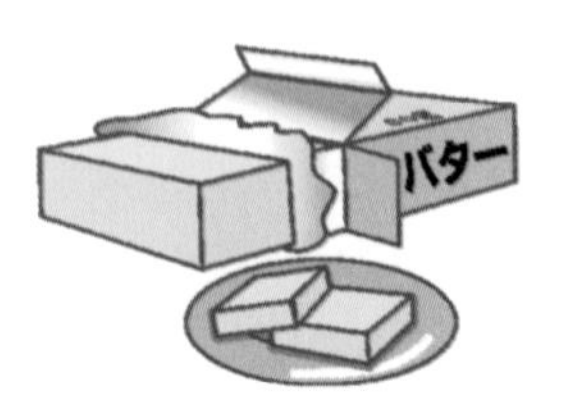	deza-to 甜點 英dessert 

單字

第10軌03分03秒

アイスクリーム	チーズ	塩
aisukuri-mu	chi-zu	shio
冰淇淋	起司	鹽
英 ice cream	英 cheese	英 salt

コショウ	砂糖	ナイフ
kosyou	satou	naifu
胡椒粉	砂糖	刀子
英 pepper	英 sugar	英 knife

フォーク	スプーン	箸
fo-ku	supu-n	hashi
叉子	湯匙	筷子
英 fork	英 spoon	英 chopsticks
		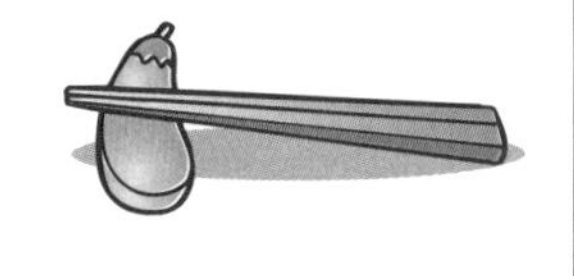

單字

皿

sara

盤子

英 **plate**

グラス

gurasu

玻璃杯

英 **glass**

じゃがいも

zyaga imo

馬鈴薯

英 **potato**

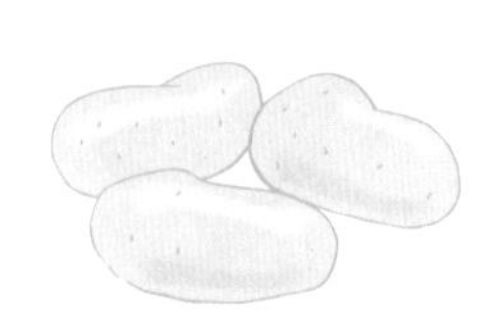

たまねぎ

tama negi

洋蔥

英 **onion**

トマト

tomato

番茄

英 **tomato**

キャベツ

kyabbetsu

高麗菜

英 **cabbage**

牛

gyuu

牛

英 **beef**

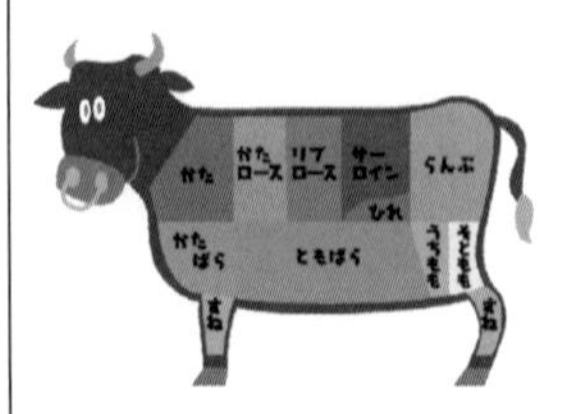

豚

buta

豬

英 **pork**

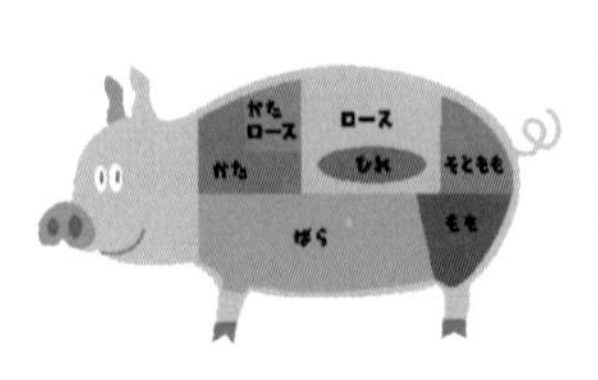

鶏肉

tori niku

雞肉

英 **chicken**

單字

第10軌04分17秒

卵	ステーキ	ソーセージ
tamago 蛋 英 egg	sute-ki 牛排 英 steak	so-se-zi 香腸 英 sausage
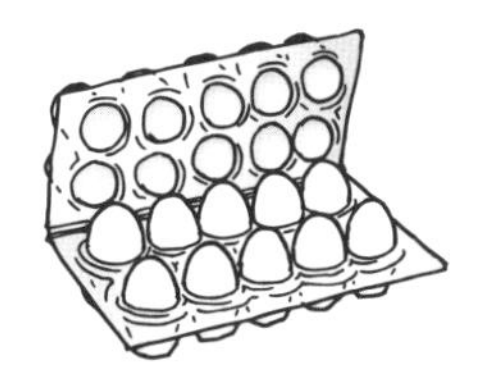		
ハム	**えび**	**アスパラガス**
hamu 火腿 英 ham	ebi 蝦子 英 shrimp	asubaragasu 蘆筍 英 asparagus
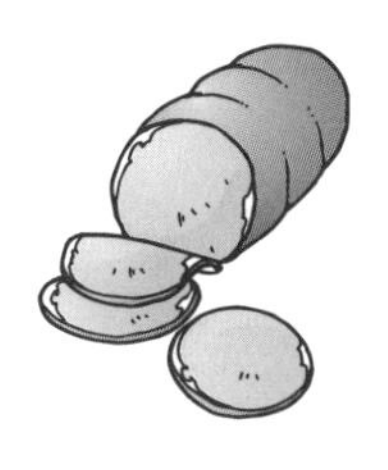		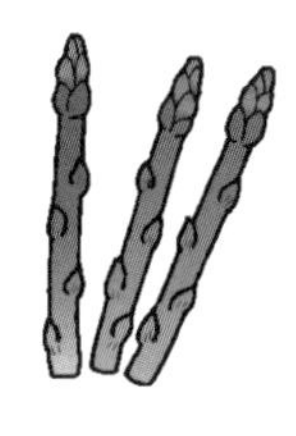
アーモンド	**レタス**	**ワイン**
a-mondo 杏仁 英 almond	retasu 萵苣 英 lettuce	wain 酒 英 wine
	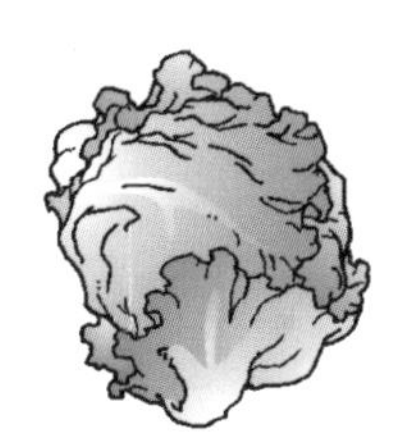	

單字

第10軌04分58秒

焼酎 **syoucyuu** 日本燒酒 英**distilled spirits** 	**ビール** **bi-ru** 啤酒 英**beer** 	**水** **mizu** 水 英**water** 
ミネラルウォーター **mineraru wo-ta-** 礦泉水 英**mineral water** 	**オレンジジュース** **orenzi zyu-su** 柳橙汁 英**orange juice** 	**フレッシュジュース** **furessyu zyu-su** 新鮮果汁 英**fresh juice** 
牛乳 **gyuunyuu** 牛奶 英**milk** 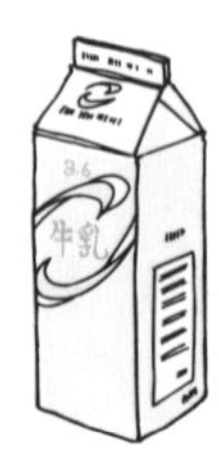	**コーヒー** **ko-hi-** 咖啡 英**coffee** 	**紅茶** **koucya** 紅茶 英**tea** 

第 8 章

購物・逛街

旅遊時最大的樂趣之一就是逛街、購物。
無論是自用、送禮，
都需要買許許多多的東西吧！
在商店、百貨公司購物時的一句話。

開到幾點呢？

nanzi made aite masuka

日 何時まで開いてますか？

英 How late are you open?

手扶梯在哪裡呢？

esukare-ta- wa doko desuka

日 エスカレーターはどこですか？

英 Where's the escalator?

請包裝成禮物。

purezento you ni tsutsunde kudasai

日 プレゼント用に包んでください。

英 Would you wrap it as a present?

可以試穿嗎？

shicyaku shitemo ii desuka

日 試着してもいいですか？

英 **Can I try it on?**

有小一點的尺寸嗎？

motto chiisai saizu wa nai desuka

日 もっと小さいサイズはないですか？

英 **Smaller size?**

我再想想。

motto kangae masu

日 もっと考えます。

英 **I'll think it over.**

這是免稅的嗎？

kore wa menze desuka

日 これは免税ですか？

英 **Duty free?**

可以算便宜點嗎？

makete kure masenka

日 まけてくれませんか？

英 **Discount, please.**

可以使用旅行支票嗎？

torabera-zu chekku wa tsukae masuka

日 トラベラーズチェックは使えますか？

英 **T/C, OK?**

單字

第11軌01分42秒

お土産屋

omiyageya

土產店

英 **souvenir shop**

デパート

depa-to

百貨公司

英 **department store**

スーパー

su-pa-

超市

英 **supermarket**

マーケット

ma-ketto

市場

英 **market**

書店

syoten

書店

英 **bookstore**

CDショップ

cd syoppu

CD店

英 **CD store**

ドラッグストア

doraggu sutoa

藥房

英 **drugstore**

シャツ

syatsu

襯衫

英 **shirt**

ズボン

zubon

褲子

英 **pants**

▶ 單字

第11軌02分27秒

スカート
suka-to

裙子

英 **skirt**

スーツ
su-tsu

套裝

英 **suit**

ネクタイ
nekutai

領帶

英 **tie**

Tシャツ
ti syatsu

圓領運動衫

英 **T-shirt**

スカーフ
suka-fu

圍巾

英 **scarf**

セーター
se-ta-

毛衣

英 **sweater**

ハンカチ
hankachi

手帕

英 **handkerchief**

靴
kutsu

鞋子

英 **shoes**

さいふ
saifu

錢包

英 **wallet**

單字

第11軌03分05秒

カバン	化粧品	アクセサリー
kaban 皮包 英 bag	kesyouhin 化妝品 英 cosmetics	akusesari- 手飾 英 accessories
香水 kousui 香水 英 perfume 	**ライター** raita- 打火機 英 lighter 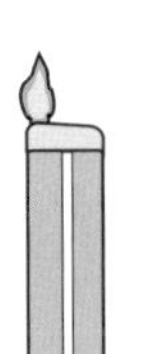	**腕時計** ude dokei 手錶 英 watch 

單字

第11軌03分33秒

ピンク	黒	白
pinku 粉紅 英 pink	kuro 黑 英 black	shiro 白 英 white
赤	**青**	**黄色**
aka 紅 英 red	ao 藍 英 blue	ki iro 黃 英 yellow
緑	**茶色**	**紺**
midori 綠 英 green	cya iro 咖啡色 英 brown	kon 深藍 英 dark blue
紫	**グレー**	**ベージュ**
murasaki 紫 英 violet	gure- 灰 英 gray	be-zyu 土黃色 英 beige
エル	**エム**	**エス**
eru 大號(尺寸) 英 large	emu 中號 英 medium	esu 小號 英 small

第9章

郵局・電話

旅行途中，
寄風景明信片、打電話回家給親友，
方便好用的一句話。

郵局在哪裡呢？

yuubinkyoku wa doko desuka

日 郵便局はどこですか？

英 **Where is the post office?**

麻煩我要寄航空。

koukuubin de onegai shimasu

日 航空便でお願いします。

英 **Air mail, please.**

請給我10張5圓的郵票。

goen no kitte o zyuumai kudasai

日 5円の切手を10枚ください。

英 **Ten five yen stamps, please.**

有紀念郵票嗎？

kinen kitte wa arimasuka

日 記念切手はありますか？

英 **Do you have commemorative stamps?**

請給我一千圓的電話卡。

sen en no terefon ka-do o kudasai

日 千円のテレフォンカードをください。

英 **A thousand yen phone card, please.**

麻煩小林先生。

kobayashi san o onegai shimasu

日 小林さんをお願いします。

英 **Mr. kobayashi, please.**

我想傳真到台灣。

taiwanni fakkusu o okuritai no desuga

日 台湾にFAXを送りたいのですが。

英 **I'd like to send a fax to Taiwan.**

我想使用網路。

inta-netto o shitai nodesuga

日 インターネットをしたいのですが。

英 **I'd like to use the internet.**

單字

第12軌01分48秒

郵便局
yuubinkyoku
郵局
英 post office

切手
kitte
郵票
英 stamp

記念切手
kinen kitte
紀念郵票
英 commemorative stamp

手紙
tegami
信件
letter

封筒
futou
信封
英 envelope

絵はがき
ehagaki
圖片明信片
英 postcard

小包
kozutsumi
包裹
英 package

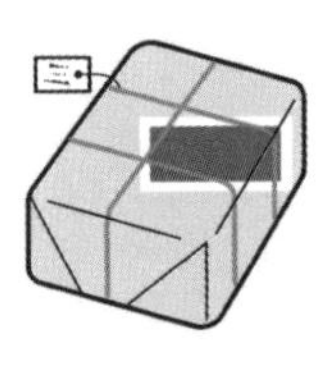

航空便
koukuu bin
航空信
英 airmail

ポスト
posuto
郵筒
英 mail box

書留
kakitome
掛號
英 registered

速達
sokutatsu
限時
英 special delivery

宛先
atesaki
地址
英 address

單字

第12軌02分43秒

国際電話
kokusai denwa
國際電話

英 international telephone

テレフォンカード
terefon ka-do
電話卡

英 phone card

インターネットサービス
inta-netto sa-bisu
網路服務

英 Internet service

ノートパソコン
no-to pasokon
手提電腦

英 notebook

携帯電話
keitai denwa
手機

英 cell phone

ファックス
fakkusu
傳真

英 fax

Eメール
eme-ru
電子郵件

英 e-mail

インターネット
inta-netto
網路

英 internet

公衆電話
kousyuu denwa
公用電話

英 public phone

内線
naisen
內線

英 extension phones

国番号
kuni bangou
國家代碼

英 country code

市外局番
shigai kyokuban
區域號碼

英 area code

第10章

碰到麻煩

出門在外遇到困難時，
有備無患的重要句子。

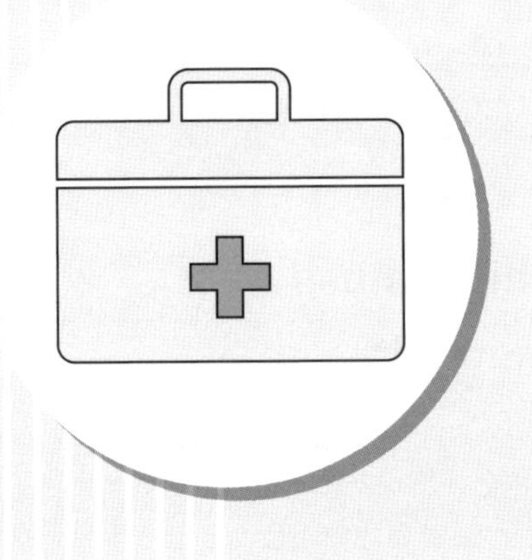

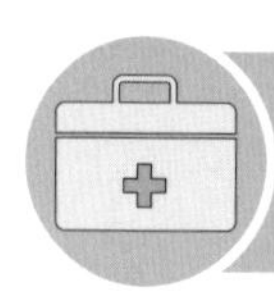

請帶我去醫院。

byouin e tsurete itte kudasai

日 病院へ連れて行ってください。

英 **Please take me to the hospital.**

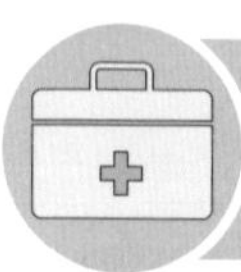

最近的醫院在哪裡呢？

ichiban chikai byouin wa dokodesuka

日 一番近い病院はどこですか？

英 **Where is the nearest hospital?**

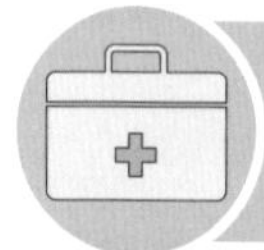

我在找藥房。

yakkyoku o sagashite imasu

日 薬局を探しています。

英 **I'm looking for the pharmacy.**

有頭痛藥嗎？

zutsuu kusuri wa arimasuka

日 頭痛薬はありますか？

英 **Do you have a medicine for headache?**

我不舒服。

kibun ga warui nodesu

日 気分が悪いのです。

英 **I feel sick.**

肚子痛。

onaka ga itai desu

日 お腹が痛いです。

英 **I have a stomachache.**

護照掉了。

pasupo-to o naku shimashita

日 パスポートをなくしました。

英 **I've lost my passport.**

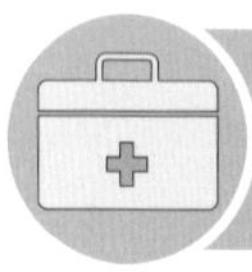

錢包被偷了。

saifu o nusumare mashita

日 さいふを盗まれました。

英 **My wallet was stolen.**

請叫警察。

keisatsu o yonde kudasai

日 警察を呼んでください！

英 **Please call the police!**

救命！

tasukete

日 助けて！

英 **Help me!**

別碰我！

sawaranaide

日 さわらないで！

英 **Don't touch!**

小偷！

dorobou

日 どろぼう！

英 **Thief!**

請找會中國話的人。

cyuugokugo no hanaseru hito o onegai shimasu

日 中国語の話せる人をお願いします。

英 **Chinese speaker, please.**

單字

第13軌02分16秒

下痢	めまい	吐き気
geri 拉肚子 英 **diarrhea**	**memai** 頭暈 英 **dizziness**	**hakike** 想吐 英 **nausea**
鎮痛剤 **chintsuuzai** 止痛藥 英 **pain killer**	**便秘** **benpi** 便秘 英 **constipation**	**バンドエイド** **ban doeiao** OK繃 英 **Band-Aid**
かゆみ止め **kayumidome** 止癢膏 英 **ointment for itching**	**診断書** **shindan sho** 診斷書 英 **medical certificate**	**体温計** **taionkei** 體溫計 英 **thermometer**

單字

第13軌02分44秒

熱 netsu 發燒 英 fever	**食中毒** syoku cyuudoku 食物中毒 英 food poisoning	**食欲不振** syokuyoku fushin 食慾不振 英 no appetite
痛み itami 疼痛 英 ache 	**頭痛** zutsuu 頭痛 英 headache 	**歯痛** shitsuu 牙齒痛 英 toothache 
のどの痛み nodo no itami 喉嚨痛 英 sore throat 	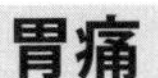 **胃痛** itsuu 胃痛 英 stomachache 	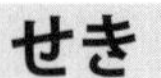 **せき** seki 咳嗽 英 cough 
生理 seiri 生理 英 period	**二日酔い** futsuka yoi 宿醉 英 hangover	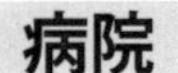 **病院** byouin 醫院 英 hospital

單字

第13軌03分21秒

睡眠薬 **suiminyaku** 安眠藥 英 **sleeping pill**	**目薬** **megusuri** 眼藥水 英 **eyedrops**	**消化不良** **shoukafuryou** 消化不良 英 **indigestion**
医者 **isya** 醫生 英 **doctor**	**看護士** **kangoshi** 護士 英 **nurse** 	**救急車** **kyuukyuusya** 救護車 英 **ambulance**
警察 **keisatsu** 警察 英 **policeman** 	**薬** **kusuri** 藥 英 **medicine** 	**保険** **hoken** 保險 英 **insurance** 
処方箋 **syohousen** 配方 英 **prescription**	**交番** **kouban** 派出所 英 **police station**	**遺失物係** **ishitsubutsu gakari** 尋物處 英 **Lost and Found**

附　錄

行李可以放在這裡嗎？

荷物(にもつ)をここに置(お)いてもいいですか？

英 **Can I put my baggage here?**

可以換坐位嗎？

席(せき)を移(うつ)ってもいいですか？

英 **Can I change my seat?**

耳機好像有點故障。

ヘッドホンの調子(ちょうし)が悪(わる)いのですが。

英 **My headset doesn't work.**

請繫好安全帶。

シートベルトを着用(ちゃくよう)してください。

英 **Please fasten your seat belt.**

請回到座位上。

座席(ざせき)に戻(もど)ってください。

英 **Please return to your seat.**

請借過。

ちょっと通(とお)してください。

英 **Let me through, please.**

請再給一條毛毯。

毛布(もうふ)をもう1枚(まい)お願(ねが)いします。

英 **Another blanket, please.**

請問要喝什麼呢？

何(なに)をお飲(の)みになりますか？

英 **What would you like to drink?**

請不要放冰塊。

こおり
氷はいれないでください。

英 **No ice, please.**

請收拾一下（托盤、杯子）

さ
（トレイ、コップを）下げてもらえますか？

英 **Could you take this away?**

請給我入境申報表。

にゅうこくしんさ　しょるい
入国審査の書類をください。

英 **Entry forms,please.**

當地時間是幾點呢？

げんちじかん　いつ
現地時間は何時ですか？

英 **What's the local time?**

請拿出護照。好，這個。

パスポートを見(み)せてください。/はい、どうぞ。

英 **Your passport please. Yes, here it is.**

停留幾天呢？五天。

何日間滞在(なんにちかんたいざい)しますか？5日間(いつかかん)です。

英 **How long are you going to stay?/Five days.**

這個需要申報嗎？

これの申告(しんこく)は必要(ひつよう)ですか？

英 **Need to declare this?**

這是禮物。

それはプレゼントです。

英 **It's a gift.**

攜帶現金十萬日圓。

現金(げんきん)を10万円(まんえん)持(も)っています。

英 **A hundred thousand Japanese en cash.**

這是行李託管單。

これが荷物預(にもつあず)かり 証(しょう)です。

英 **Here is my baggage ticket.**

我要轉機。

乗(の)り継(つ)ぎ客(きゃく)です。

英 **I am on transit.**

搭機門是幾號呢？

とうじょう　　　　　なんばん

搭乗ゲートは何番ですか？

英 **Which gate ?**

請給我靠走道的位子。

つうろがわ　せき

通路側の席にしてください。

英 **I'd like a aisle seat, please.**

這個可以帶上飛機嗎？

きない　も　こ

これは機内に持ち込めますか？

英 **Can I bring this in?**

我想確認預約。

よやく　さいかくにん

予約の再確認をしたいのですが。

英 **I'd like to reconfirm my fight.**

我想更改預約。

よやく　へんこう
予約を変更してください。

英 **Change my reservation,please.**

第三章

匯兌的地方在哪裡呢？

りょうがえじょ
両替所はどこですか？

英 **Where can I change money?**

請也給我小鈔。

こぜに　ねが
小銭もお願いします。

英 **Please give me some small change.**

請換成日圓。

これを日本円（にほんえん）にしてください。

英 **Please change this into Japanese en.**

這紙鈔請換零錢。

この紙幣（しへい）をくずしてください。

英 **Please change this bill into coins.**

好像算錯了。

計算（けいさん）を間違（まちが）っていませんか？

英 **I think this bill is wrong.**

謝謝。

ありがとうございました。

英 **Thank you for your help.**

有中文的導遊書嗎？

ちゅうごくご
中国語のガイドブックはありますか？

英 **Any Chinese guidebooks?**

請告訴我在地圖的哪裡？

ち ず おし
地図で教えてください。

英 **Could you show me on the map?**

從這裡去遠嗎？

とお
ここから遠いですか？

英 **Far from here?**

用走的能到嗎？

ある い
歩いてそこまで行けますか？

英 **Can I walk there?**

請給我24張的底片一卷。

24枚(まいど)撮りのカラーフィルムを1本(ぽん)ください。

英 **One roll of 24-exposure color film.**

有中文的簡介嗎？

中国語(ちゅうごくご)のパンフレットはありますか。

英 **Do you have a Chinese brochure?**

有說中文的導遊嗎？

中国語(ちゅうごくご)を話(はな)すガイドはいますか？

英 **Any Chinese speaking guide?**

能請您幫我拍照嗎？

写真(しゃしん)を撮(と)っていただけますか？

英 **Could you take my picture?**

計程車招呼站在哪裡呢？

の　ば
タクシー乗り場はどこですか？

英 **Where is the taxi stand?**

請把行李放進後車箱。

にもつ　い
荷物をトランクに入れてください。

英 **Please put my luggage in the trunk.**

有到市區的公車嗎？

しない　い
市内へ行くバスはありますか？

英 **Is there an airport bus to the city?**

在車上付車費嗎？

うんちん　しゃない　はら
運賃は車内で払うのですか？

英 **Do I pay on the bus?**

請在這裡停車。

ここで止めてください。

英 **I'd like to get out here.**

哪裡有可以搭往王子飯店的公車呢？

王子(おうじ)ホテルへ行(い)くバスはどこで乗(の)れますか？

英 **Which bus goes to Prince Hotel?**

這輛公車有到車站嗎？

このバスは駅(えき)に行(い)きますか？

英 **Does this bus to the station?**

公車幾點開呢？

バスは何時(いつ)に出(で)ますか？

英 **When does the bus leave?**

需要換車嗎？

乗(の)り換(か)えは必要(ひつよう)ですか？

英 **Do I have to transfer?**

請給我一張千葉的單程車票。

千葉(ちば)までの片道切符(かたみちきっぷ)を一枚(いちまい)ください。

英 **A one-way ticket to chi-ba, please.**

到新宿多少錢呢？

新宿(しんじゅく)までの運賃(うんちん)はいくらですか？

英 **How much is the fare to shin-zyuku?**

售票處在哪裡呢？

切符(きっぷ)売(う)り場(ば)はどこですか？

英 **Where is the ticket office?**

這張票可以退嗎？

この切符(きっぷ)を取(と)り消(け)せますか？

英 **Can I cancel this ticket?**

往青森的火車在幾號月台出發呢？

青森(あおもり)行(ゆ)きの列車(れっしゃ)は何番(なんばん)ホームから出発(しゅっぱつ)しますか？

英 **What track does the train for aomori leave from?**

往大阪的火車幾點發車呢？

おおさかゆ　れっしゃ　いつ　はっしゃ

大阪行きの列車は何時に発車しますか？

英 **When does the train for Osaka leave?**

這輛火車停靠京都嗎？

れっしゃ　きょうと　と

この列車は京都に止まりますか？

英 **Does this train stop at Kyoto?**

這輛火車是直達名古屋嗎？

れっしゃ　なごや　ちょっこう　い

この列車は名古屋まで直行で行きますか？

英 **Does this train go directly to Nagoya?**

這車位是在哪一節車廂呢？

ざせき　しゃりょう

この座席の車両はどれですか？

英 **Which compartment?**

這是空位嗎？

この席（せき）は空（あ）いてますか？

英 **Is this seat taken?**

坐錯車了。

乗（の）り間違（まちが）えました。

英 **I took the wrong train.**

末班車是幾點呢？

終電（しゅうでん）は何時（いつ）ですか？

英 **What time does the last train leave?**

第六章

麻煩我要住房。

チェックインをお願(ねが)いします。

英 **Check in,please.**

這是我的護照。

私(わたし)のパスポートです。

英 **Here is my passport.**

退房是幾點呢？

チェックアウトは何時(いつ)ですか？

英 **When's the check-out time?**

這是包括早餐的價格嗎？

朝食込(ちょうしょくこ)みの値段(ねだん)ですか？

英 **Does that include breakfast?**

在這裡簽名嗎？

ここにサインするのですか？

英 **Sign here?**

請給我有浴缸的房間。

風(ふう)呂(ろ)付(つ)きの部屋(へや)をお願(ねが)いします。

英 **I'd like a room with bath.**

一晚多少錢呢？

部屋(へや)の料金(りょうきん)は一泊(いっぱく)いくらですか？

英 **How much per night?**

請多加一張床。

ベットを一つ追加(ついか)してください。

英 **Extra bed, please?**

我想寄放貴重的物品。

貴重品(きちょうひん)を預(あず)けたいのですが。

英 **Safety box, please.**

有自動販賣機嗎？

自動販売機(じどうはんばいき)はありますか？

英 **Any vending machines?**

我想換錢。

両替(りょうがえ)をしたいのですが。

英 **I'd like to exchange money?**

請告訴我飯店的地址。

このホテルの住所(じゅうしょ)を教(おし)えてください。

英 **This hotel address, please.**

請教一下附近的好餐廳。

この近(ちか)くのいいレストランを教(おし)えてください。

英 **Can you suggest a nice restaurant near here?**

我想拿寄放的行李。

預(あず)けた荷物(にもつ)をもらいたいのですが。

英 **My baggage back, please.**

請給我347號房的鑰匙。

347号室(ごうしつ)の鍵(かぎ)をお願(ねが)いします。

英 **347, please.**

早餐是從幾點到幾點呢？

朝食(ちょうしょく)の時間(じかん)は何時(いつ)から何時(いつ)までですか？

英 **What are the breakfast hours?**

早餐在哪裡用呢？

朝食(ちょうしょく)はどこでとれますか？

英 **Where’s the breakfast room?**

可以發送電子郵件嗎？

電子(でんし)メールは送(おく)れますか？

英 **Can I email?**

我想要溫開水。

飲(の)むお湯(ゆ)が欲(ほ)しいのですが。

英 **I’d like a pot of boiled water?**

有給我的留言嗎？

伝言（でんごん）はありますか？

英 **Do you have a message for me?**

請教一下鬧鐘的使用方法。

この目覚（めざ）まし時計（どけい）の使（つか）い方（かた）を教（おし）えてください。

英 **Could you tell me how this alarm clock works?**

我找不到插頭。

コンセントが見（み）つからないのですが。

英 **Could you tell me where the outlet is?**

這是117號房，可以拿毛毯給我嗎？

117号室(ごうしつ)ですが、毛布(もうふ)を持(も)ってきてくれますか？

英 **Hello, this is room 117. Could you bring me a blanket?**

請明天早上6點叫我起床。

明日(あした)の朝(あさ)6時(じ)にモーニングコールをお願(ねが)いします。

英 **Please wake me up at six tomorrow morning.**

鑰匙忘在房間裡了。

部屋(へや)に鍵(かぎ)を忘(わす)れました。

英 **I left the key in my room.**

鑰匙掉了。

かぎ
鍵をなくしました。

英 **I lost the key.**

熱水不夠熱。

ゆ じゅうぶんあつ
お湯が十分熱くなりません。

英 **The water is not hot enough.**

電視壞了。

テレビがつきません。

英 **The TV doesn't work.**

廁所的水不通。

みず なが
トイレの水が流れません。

英 **The toilet doesn't flush.**

空調壞了。

エアコンがつきません。

英 **The air-conditioner doesn't work.**

麻煩客房服務。

ルームサービスをお願（ねが）いします。

英 **Room service, please.**

可以換房間嗎？

部屋（へや）を替（か）えていただけますか？

英 **Can I have another room, please?**

房間太冷了。

部屋（へや）が寒（さむ）すぎます。

英 **The room's too cold.**

蓮蓬頭水出不來。

シャワーの水(みず)が出(で)ません。

英 **No shower.**

我要退房。

チェックアウトをお願(ねが)いします。

英 **Check out, please.**

沒有使用小冰箱。

ミニバーは使(つか)っていません。

英 **I had nothing from the mini bar.**

這個行李可以寄放嗎？

この荷物(にもつ)を預(あず)かってもらえますか？

英 **Could you keep my baggage?**

請幫我叫計程車。

タクシーを呼（よ）んでくれませんか？

英 **Would you call me a taxi?**

這是給你的小費。

これはチップです。

英 **This is for you.**

第七章

這附近有中華料理嗎？

この近（ちか）くに中華料理（ちゅうかりょうり）はありますか？

英 **Is there a Chinese restaurant near here?**

我有預約八點。

8時に予約しています。

英 I have a reservation at eight.

麻煩窗邊的位子。

窓際の席をお願いします。

英 By the window, please.

請給我看菜單。

メニューを見せてください。

英 Menu, please.

請說一下套餐的內容。

このコースの内容を説明してください。

英 What's this course?

總之，先點這些。

とりあえず、それだけです。

英 **For the time, that’s all.**

有什麼推薦的菜嗎？

お薦(すす)めは何(なん)ですか？

英 **What is the specialty?**

請給我和隔壁桌一樣的東西。

隣(とな)りのテーブルと同(おな)じものをください。

英 **Same dishes as the next table, please.**

請再續杯咖啡。

コーヒーのおかわりをお願(ねが)いします。

英 **More coffee, please.**

刀子不乾淨。

ナイフが汚(よご)れています。

英 **This knife is dirty.**

我要收據。

領収書(りょうしゅうしょ)をください。

英 **Receipt,please.**

第八章

開到幾點呢？

何時(いつ)まで開(ひら)いてますか？

英 **How late are you open?**

手扶梯在哪裡呢？

エスカレーターはどこですか？

英 **Where's the escalator?**

請包裝成禮物。

プレゼント用（よう）に包（つつ）んでください。

英 **Would you wrap it as a present?**

可以試穿嗎？

試着（しちゃく）してもいいですか？

英 **Can I try it on?**

有小一點的尺寸嗎？

もっと小（ちい）さいサイズはないですか？

英 **Smaller size?**

我再想想。

もっと考（かんが）えます。

英 **I'll think it over.**

這是免稅的嗎？

これは免税（めんぜい）ですか？

英 **Duty free?**

可以算便宜點嗎？

まけてくれませんか？

英 **Discount,please.**

可以使用旅行支票嗎？

トラベラーズチェックは使（つか）えますか？

英 **T/C,OK?**

第九章

郵局在哪裡呢？

ゆうびんきょく
郵便局はどこですか？

英 **Where is the post office?**

麻煩我要寄航空。

こうくうびん　ねが
航空便でお願いします。

英 **Air mail,please.**

請給我10張5圓的郵票。

えん　きって　まい
５円の切手を１０枚ください。

英 **Ten five yen stamps, please.**

有紀念郵票嗎？

きねんきって
記念切手はありますか？

英 **Do you have commemorative stamps?**

請給我一千圓的電話卡。

千円（せんえん）のテレフォンカードをください。

英 **A thousand-en phone card, please.**

麻煩小林先生。

小林（こばやし）さんをお願（ねが）いします。

英 **Mr.kobayashi,please.**

我想傳真到台灣。

台湾（たいわん）にFAXを送（おく）りたいのですが。

英 **I'd like to send a fax to Taiwan.**

我想使用網路。

インターネットをしたいのですが。

英 **I'd like to use the internet.**

第十章

請帶我去醫院。

びょういん　つ　　　い
病院へ連れて行ってください。

英 **Please take me to the hospital.**

最近的醫院在哪裡呢？

いちばんちか　びょういん
一番近い病院はどこですか？

英 **Where is the nearest hospital?**

我在找藥房。

やっきょく　さが
薬局を探しています。

英 **I'm looking for the pharmacy.**

有頭痛藥嗎？

ずつうやく
頭痛薬はありますか？

英 **Do you have a medicine for headache?**

我不舒服。

気分(きぶん)が悪(わる)いのです。

英 **I feel sick.**

肚子痛。

お腹が痛(いた)いです。

英 **I have a stomachache.**

護照掉了。

パスポートをなくしました。

英 **I've lost my passport.**

錢包被偷了。

さいふを盗(ぬす)まれました。

英 **My wallet was stolen.**

請叫警察。

警察(けいさつ)を呼(よ)んでください！

英 **Please call the police!**

救命！

助(たす)けて！

英 **Help me!**

別碰我！

さわらないで！

英 **Don’t touch!**

小偷！

どろぼう！

英 **Thief!**

請找會中國話的人。

中国語(ちゅうごくご)の話(はな)せる人(ひと)を願(ねが)いします。

英 **Chinese speaker,please.**

【日本行備忘錄】

出發班機………………

搭乘日期： 年 月 日
出發／到達地： ～
航空公司：
班機名稱：
出發時刻：

回程班機………………

搭乘日期： 年 月 日
出發／到達地： ～
航空公司：
班機名稱：
出發時刻：

住宿旅館………………

停留時間： 月 日～ 月 日
停留城市：
旅館名稱：
房間號碼：
電話號碼：
傳真號碼：

住宿旅館………………

停留時間： 月 日～ 月 日
停留城市：
旅館名稱：
房間號碼：
電話號碼：
傳真號碼：

基本用句

第14軌0分10秒

こんにちは。
konnichiwa
你好
Hello!

何時ですか？
nanzidesuka
幾點呢？
What time is it?

おはよう。
ohayou
早安
Good morning.

はい。
hai
是。
Yes.

こんばんは。
konbanwa
晚安
Good evening.

いいえ。
iie
不是。
No.

おやすみなさい。
oyasuminasai
晚安（臨睡前）
Good night.

～をお願いします。
~o onegai shimasu
麻煩～。
~please.

さようなら。
sayounara
再見
Good-bye.

ありがとう。
arigatou
謝謝。
Thank you.

どういたしまして。
dou ita shimashite
不客氣。
You're welcome.

私は台湾人です。
watashi wa taiwan zin desu
我是台灣人。
I'm Taiwanese.

すみませんが。
sumimasen ga
對不起。
Excuse me.

なんですって？
nandesutte
請再說一次。
Pardon?

ごめんなさい。
gomennasai
抱歉。
I'm sorry.

わかりました。
wakarimashita
知道了。
I understand.

どうぞ。
douzo
請（用）。
Please.

わかりません。
wakarimasen
不知道。
I don't understand.

私の名前はクララです。
watashi no namae wa kurara desu
我的名字是克拉拉。
My name is Clara.

基本用句

第14軌01分22秒

大丈夫です。
daizyoubudesu
沒問題。
It's alright.

押す
osu
推。
push

いくらですか？
ikura desuka
多少錢呢？
How much?

引く
hiku
啦。
pull

トイレはどこですか？
toire wa doko desuka
廁所在哪裡呢？
Where is a rest room?

だめです。
damedesu
不行。
No way.

男性用
dansei you
男用。
Men

危ない！
abunai
危險！
Dangerous!

女性用
zyosei you
女用。
Ladies

難しい。
muzukashii
很難。
Difficult.

私は英語を話します。

watashi wa eio o hanashimasu

我說英語。

I can speak English.

日本語は分かりません。

nihongo wa wakari masen

我不會日語。

I can't speak Japanese.

ここに書いてくれますか？

kokoni kaite kure masuka

請寫在這裡。

Please write here.

入ってもいいですか。

haittemoiidesuka

可以進來嗎？

May I come in?

日本の新聞はありますか。

nihon no shinbun wa arimasuka

有日文報紙嗎？

Do you have Japanese newspaper?

國家圖書館出版品預行編目資料

世界最簡單 觀光日語/林小瑜, 杉本愛莎合著. -- 新北市：哈福企業有限公司, 2023.08
面； 公分. -- (日語系列；29)
ISBN 978-626-97451-2-8(平裝)
1.CST: 日語 2.CST: 旅遊 3.CST: 讀本
803.18 112009799

免費下載QR Code音檔
行動學習，即刷即聽

世界最簡單：觀光日語
（附 QR Code 行動學習音檔）

作者／林小瑜．杉本愛莎
責任編輯／ Lilibet Wu
封面設計／李秀英
內文排版／ 林樂娟
出版者／哈福企業有限公司
地址／新北市淡水區民族路 110 巷 38 弄 7 號
電話／ (02) 2808-4587
傳真／ (02) 2808-6545
郵政劃撥／ 31598840
戶名／哈福企業有限公司
出版日期／ 2023 年 8 月
台幣定價／ 349 元 (附 QR Code 線上 MP3)
港幣定價／ 116 元 (附 QR Code 線上 MP3)
封面內文圖 / 取材自 Shutterstock

全球華文國際市場總代理／采舍國際有限公司
地址／新北市中和區中山路 2 段 366 巷 10 號 3 樓
電話／ (02) 8245-8786
傳真／ (02) 8245-8718
網址／ www.silkbook.com 新絲路華文網

香港澳門總經銷／和平圖書有限公司
地址／香港柴灣嘉業街 12 號百樂門大廈 17 樓
電話／ (852) 2804-6687
傳真／ (852) 2804-6409

email ／ welike8686@Gmail.com
facebook ／ Haa-net 哈福網路商城

電子書格式：PDF

哈福

哈福